NINA MORAIS & CAIO MORAIS

As Gêmeas do Circo

Ilustrações OSCAR REINSTEIN

artêrinha

F I C H A
T É C N I C A

EDITORIAL	Augusto V.de A. Coelho Sara C. de Andrade Coelho
COMITÊ EDITORIAL	Marli Caetano Andréa Barbosa Gouveia - UFPR Edmeire C. Pereira - UFPR Iraneide da Silva - UFC Jacques de Lima Ferreira - UP
SUPERVISOR DA PRODUÇÃO	Renata Cristina Lopes Miccelli
ASSESSORIA E PRODUÇÃO EDITORIAL	William Rodrigues
REVISÃO	Renata Cristina Lopes Miccelli
PROJETO GRÁFICO E ILUSTRAÇÕES	Oscar Reinstein

M827g   Morais, Nina
2024
              As gêmeas do circo / Nina Morais, Caio Morais; ilustrações Oscar Reinstein. - 1. ed. - Curitiba : Appris, 2024.
              20 p. : il. color. ; 15 cm.

              ISBN 978-65-250-5458-2

              1. Literatura infantojuvenil. 2.Perseverança. I.Morais, Caio. II. Título
                                                                              CDD - 028.5

Catalogação na fonte elaborada por: Josefina A. S. Guedes - Bibliotecária CRB 9/870

Appris
editora

Editora e Livraria Appris Ltda.
Av. Manoel Ribas, 2265 - Mercês
Curitiba/PR - CEP 80810-002
Tel. (41) 3156-4731

w w w . e d i t o r a a p p r i s . c o m . b r

Printed in Brazil
Impresso no Brasil

Nina Morais & Caio Morais

As Gêmeas do Circo

Ilustrações Oscar Reinstein

— ÊÊÊÊÊ! VIVAAA!!! UHUUUU!!! — Grita a plateia de alegria!

As luzes se acendem e todos vão saindo da grande tenda com expressões de alegria e satisfação. Pais conversam com filhos, amigos com amigos, namorados com namoradas, aquele zumzumzum feliz em que todos comentam sobre o que mais gostaram ou qual foi o momento mais tenso ou assustador. Foi o fim de mais uma apresentação do maravilhoso Gran Circo Lumiero.

Segundos antes, o apresentador e patriarca da família Lumiero, dona do circo, tinha finalizado o show. Nos bastidores, dois pares de olhos brilhavam admirados com tudo aquilo: as luzes, as roupas brilhantes, a maquiagem dos palhaços... tudo tão incrível!

— Acho que chegou a hora de vocês... — comenta o apresentador com as donas dos pares de olhinhos — as duas já têm 14 anos e, na nossa família, aqueles que escolhem integrar a trupe do circo entram com 15. Como vocês escolheram fazer parte do show do Gran Circo Lumiero, está na hora de escolher o que vão fazer... o que me dizem?

Ele estava falando com suas primas gêmeas, Nathalie e Natasha.

A Nathalie é uma menina muito engraçada, fofa,
que gosta de se vestir como sua irmã,
mas com cores mais claras, e adora rosa.
Gosta de pentear o cabelo com um rabo de cavalo,
pois é a mais velha e, por ela ter sido a primeira a nascer,
sua irmã concordou com isso. Seu cabelo é marrom e os
olhos castanhos como os de sua mãe.
Tem pele parda e é mais alta que sua mana.
Já a Natasha é uma menina muito doidinha, prefere
coisas radicais, também gosta de se vestir como sua
irmã, mas com cores mais vivas, e adora o verde.
Usa o cabelo penteado com marias-chiquinhas. Também
tem cabelo marrom, mas seus olhos são verdes como
os do seu pai. Sua pele é de cor parda como a da
Nathalie e ela é mais baixa que a irmã.
Elas não são gêmeas idênticas.
— ACHAMOS ÓTIMO! —
Respondem animadamente as duas juntas.
— Muito bem! Então, vamos ajudar a arrumar tudo e ir
dormir, pois amanhã vocês começam a explorar o
maravilhoso mundo do circo.
Por onde gostariam de começar?
— PELA PALHAÇARIA! — Dizem juntas outra vez.
Será que vão fazer isso o tempo todo?

Na manhã seguinte, depois do café da manhã,
o apresentador chama as duas e avisa:
— Se arrumem e me encontrem no picadeiro.
E foi o que fizeram. Com ele também estava o palhaço
Repimboca e, sentados nas arquibancadas, fazendo
a função de plateia, estavam outros artistas como o
mágico e os malabaristas. Afinal, todo artista circense
precisa ser capaz de saber lidar com os olhares do
público! E é preciso aprender isso desde o iniciozinho,
pois não é nada fácil.
O apresentador, do centro do picadeiro, diz:
— Senhoras e senhores, bem-vindos ao Gran Circo Lumiero!
E, agora, peço a todos uma forte salva de
palmas para as irmãs Nathalieee e Natashaaa!
A plateia aplaude animadamente. As luzes se apagam
e os holofotes são acesos nas garotas, que estão
vestidas de palhaças. Então, elas tentam fazer
malabarismo e jogam as bolinhas para o alto, mas ao
invés de cair nelas, atingem o apresentador, batendo
na cartola dele e caem no chão.
Ninguém da plateia ri e Repimboca diz:
— Tudo bem, vamos tentar outro número. Nathalie,
encha o balde de água e traga ele aqui, por favor.
Vamos fazer aquela cena em que uma tenta enganar a
outra, mas leva uma baldada e...

— Mas aí eu vou ficar toda molhada? — Interrompe Natasha.

— Pode ser a Nathalie, se preferirem.

— Acho que também não gosto muito da ideia... — comenta Nathalie.

Assim, ela pede desculpas para o apresentador e para Repimboca e diz para sua irmã:

— Acho que não fomos feitas para sermos palhaças. Podíamos tentar ser trapezistas...

Sua irmã concorda e as duas resolvem falar com o apresentador:

— Será que podemos tentar outra coisa? — Pergunta Natasha a ele.

— Mas, meninas, vocês mal começaram a tentar... o mundo do circo exige muita dedicação. Não é só luz, cor e curtição. É preciso rotina, muitas horas de treinos, ensaios, e...

— Está bem, está bem, a gente sabe! — Interrompe Natasha.

— Mas a gente não está curtindo muito isso de ser palhaça, sabe? — Complementa sua irmã.

7

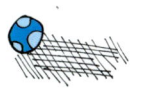

— É! E, para mim, é muita maquiagem...
me incomoda um pouco — reclama Natasha.
— Podemos tentar o trapézio? Por favoooorr... — dizem
as duas ao mesmo tempo... de novo... É, acho que vão
mesmo ficar fazendo isso... saco!
— Eu gosto!
— Ai! O que é isso?! Quem é você?! — Pergunta o
narrador da história, ou seja, eu!
Depois de tomar um susto "da gota"!
— Eu sou o narrador do primeiro livro infantil do Caio,
o "Nina e Maninho".
— E por que pataquadas você veio parar aqui?!
— Ai! Que horror! É assim que você recebe um colega
de profissão? Eu só fiquei curioso com essa segunda
história e vim dar uma conferida...
— Mas você me deu um susto dos diabos... quase
parou meu pobre coraçãozinho de narrador...
— Hum! Dramático... desculpa então, não foi por querer...
mas me deixa ficar para assistir, por favorzinho...
— Está bem... não resisto a esses olhinhos pidões, mas
vê se fica quietinho e não me dá mais susto...
— Prometo!

Bom, voltando à nossa história...
— Acho que estamos conseguindo! — Exclama Natasha.
Mas Nathalie grita:
— VAI BATER!!!!!
— CUIDADO!!!!!
As duas estão se balançando nos trapézios.
As trapezistas do circo estão assistindo a elas, tentando
ensinar as técnicas, mas, por um erro de cálculo, as
irmãs se batem de cara uma na outra. Natasha se
espatifa no chão, mas Nathalie cai do lado dela sem
se machucar. Natasha pergunta:
— Como você conseguiu cair sem se machucar?!
— Não sei — responde Nathalie levantando os ombros.
Natasha, que está caída no chão, diz:
— Já sei! Vamos tentar ser mágicas!
Deve ser mais seguro para o meu bumbum...
— Não acredito! Já vão desistir de novo?!
— Ai, menino! Uma hora dessa você me mata do
coração! Não sabe ficar quieto?!
— Hehe... desculpa, é que estou indignado... essas
meninas desistem muito fácil...
— Calma, olha lá, o apresentador já está indo falar
com elas...

— Oi, meninas, o que foi? Vocês estão bem?

— É que a gente não está feliz com o trapézio... — diz Natasha.

— Mas, garotas, não pode ser assim... na vida precisamos experimentar as coisas para saber se a gente gosta ou não. Além disso e muito mais difícil, é preciso ter persistência. A gente se frustra quando não dá certo, porém é preciso insistir, se dedicar, treinar... persistir... as coisas não são tão fáceis assim...

— Mas é que eu fiquei muito assustada... — conta Nathalie.

— E eu acho que quebrei meu bumbum... ui!

— Já sei, já querem trocar de novo... — adivinha o apresentador.

— SIM! POR FAVOR!

— Olha aí as duas falando ao mesmo tempo de novo!

— Deixa a gente experimentar a mágica, por favorzinho... — pede Nathalie.

— Está bem... só espero que se decidam por algo em algum momento...

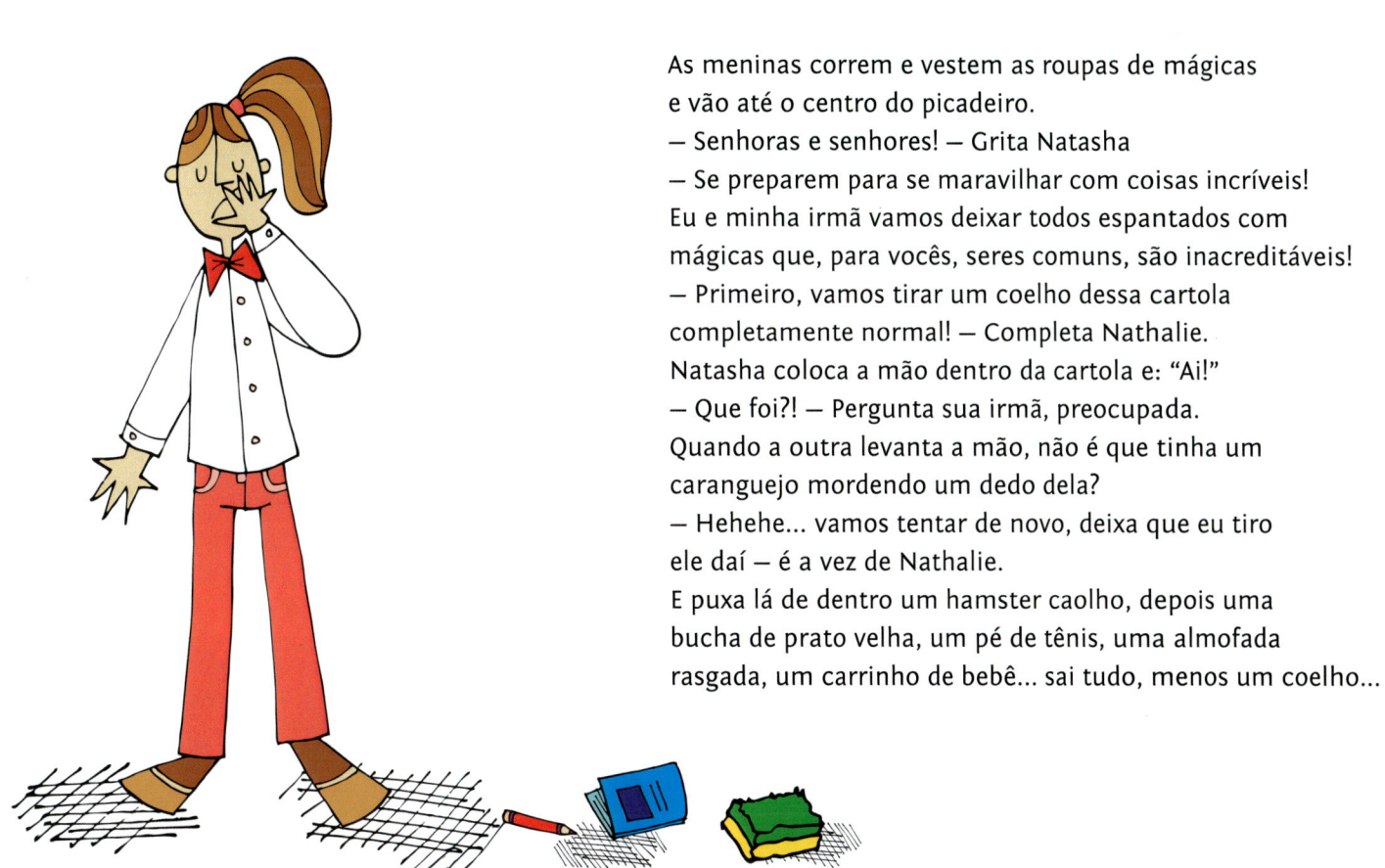

As meninas correm e vestem as roupas de mágicas
e vão até o centro do picadeiro.
— Senhoras e senhores! — Grita Natasha
— Se preparem para se maravilhar com coisas incríveis!
Eu e minha irmã vamos deixar todos espantados com
mágicas que, para vocês, seres comuns, são inacreditáveis!
— Primeiro, vamos tirar um coelho dessa cartola
completamente normal! — Completa Nathalie.
Natasha coloca a mão dentro da cartola e: "Ai!"
— Que foi?! — Pergunta sua irmã, preocupada.
Quando a outra levanta a mão, não é que tinha um
caranguejo mordendo um dedo dela?
— Hehehe... vamos tentar de novo, deixa que eu tiro
ele daí — é a vez de Nathalie.
E puxa lá de dentro um hamster caolho, depois uma
bucha de prato velha, um pé de tênis, uma almofada
rasgada, um carrinho de bebê... sai tudo, menos um coelho...

— Cadê esse coelho?! — Pergunta Nathalie.

Sua irmã responde:

— Era para ter apenas um coelho aí dentro.

Então Nathalie puxa de dentro da cartola um amigo delas. Natasha olha para ele e diz:

— AAAHHH! Ééé... quer dizer... Oi, Jarbas! O que você estava fazendo aí?

— Eu sei lá! — Responde o garoto espantado, os olhos quase que pulando da cara de tão esbugalhados!

— Eu estava andando no meu quintal quando caí num buraco e, de repente, a Nathalie me puxou de dentro da cartola!

Jarbas foi para casa tremendo feito um... uma... uma coisa que treme muito, e elas desistiram da mágica.

— Ah, não! Já?! — Pergunta o narrador intrometido.

— É o que agora, peste?

— Eu estava me acabando de rir aqui com as mágicas
delas! Como mágicas, elas dão excelentes palhaças!
Hahahaha! Pobre Jarbas! Hahahaha!

— O pior é que, dessa vez, vou ter que concordar com
você! Hahahaha!

As garotas agora resolvem tentar a acrobacia, para
tristeza do apresentador. Natasha segura sua irmã nas
costas e Nathalie tenta descer na ponte arqueando
as costas para trás até tocar o chão apenas com os pés
e as mãos. Mas, no meio do caminho, suas costas
estalam: "PÁ!" e ela fica travada:

— Ai! Minha coluna! Acho que está travada! Me ajuda!

Natasha tenta ajudar dando um soquinho nas costas da irmã. Nesse momento, ela cai certinho na ponte, toda torta para trás, e não consegue mais levantar:
— Hãããããã!?!? Não consigo me levantar! Segura na minha mão e me puxa! — E estende a mão direita para cima.
— HAHAHAHAHAHA! Olha essa cena! Eu estou chorando de tanto rir, minha barriga já está até doendo! HAHAHAHA! — Diz, se acabando de gargalhar, o narrador engraçadinho.
— HAHAHAHA! Eu já não estava conseguindo me segurar! HAHAHAHA! A bichinha toda torta, com a mão para cima! HAHAHAHA! — E essa foi a minha vez de rir delas.
Nathalie, com a mão levantada, não aguenta e cai de lado, mas segue com o braço esticado para cima. Sua irmã pega sua mão, a puxa, e ela consegue se levantar, mas não sem a coluna fazer um monte de CREC!
— Calma, calma, calma! — Intervém o apresentador — deixa que eu cuido disso.

E leva a menina até a enfermeira do circo, que examina a paciente e percebe que só precisa de uma bela massagem e uns dias de descanso.

— E então, garotas? Como está sendo a experiência? — Pergunta o apresentador.

— A palhaçaria foi legal, mas a gente atrapalhou tudo e não tirou nenhuma risada do público... e acho que me senti meio estranha fazendo coisas de palhaço... — comentou Nathalie.

— Eu também... — acrescentou sua irmã gêmea — não acho que essa seja nossa escolha. Por outro lado, me diverti muito no trapézio!

— Mas a gente caiu e se machucou!

— Eu estava me divertindo muito até a hora em que a gente se bateu! Sentia um friozinho na barriga, uma emoção gostosa. Acho que os pássaros devem se sentir assim quando voam! Delícia!

— Eu me senti assim quando estava tentando a acrobacia! Sempre achei o máximo ver as meninas se equilibrando, se pendurando, fazendo umas posições lindas, uma em cima da outra. É muita habilidade, né? Fantástico aquilo.

— E a mágica? — Quer saber o apresentador, curioso.

— A gente não se animou muito — disse Natasha.

— E, nas mãos erradas, pode ser muito perigoso! Se a gente puxou o pobre do Jarbas daquela cartola, sabe lá o que mais a gente podia ter trazido!

— Completou Nathalie.

— Hahahaha! — Riem os quatro juntos, incluindo a enfermeira.

— Então, meninas, acho que na verdade vocês já escolheram! — Comenta a enfermeira.

— Parece que só falta vocês perceberem que tudo que vale a pena exige esforço! Eu, por exemplo, amo ser enfermeira e ajudar as pessoas. Até já ajudei a salvar a vida de algumas. Contudo, precisei me dedicar muito durante cinco anos de faculdade e muitos cursos depois disso. Preciso estar sempre estudando e me atualizando, porque tenho muita responsabilidade quando cuido da saúde de alguém. Não posso cometer erros. Logo, preciso estar sempre aprendendo coisas novas, me atualizando...

— Estão vendo? É isso que estou tentando dizer desde o começo. É preciso experimentar para conhecer e decidir. Depois disso, tem que se dedicar a uma rotina de muito treino e dedicação porque, mais importante que o dom, é o esforço. Merecer! É 10% inspiração e 90% transpiração.

— Eu vou me dedicar muito para ser uma ótima trapezista! — Resolve Natasha.

— E eu vou ser a maior acrobata da história do Gran Circo Lumiero! — Decide Nathalie.

ACROBATA

TRAPEZISTA

— E NÓS VAMOS TREINAR MUITO! — Dizem as duas juntas outra vez.

— Por falar nisso, cadê aquele narrador tagarela? — Pergunto eu — Eita! Está dormindo, o peste?

— LARGA MINHA CUECA! — Grita, de repente, o dorminhoco.

— AAHHH! Que susto, diacho! Está doido?

— Eu... eu estava dormindo e sonhei que... eita, melhor deixar para lá! Acabou a história?

— Acabou! E você dormiu no final!

— Desculpa, ser narrador é muito cansativo. Elas escolheram o quê, afinal?

— A Natasha vai ser trapezista e a Nathalie, acrobata.

— Sabia! E vem cá, me diz uma coisa: por que o apresentador não tem nome? É só "apresentador".

18

— Sei não! Coisas da Nina... acho que ela quis criar um mistério no livro. Mas posso ajudar a decifrar esse mistério... Quem consegue descobrir? Vou dar três dicas: 1. Tem algumas letras da palavra AMARELO;
2. Rima com CARAMELO
e 3. A primeira sílaba é sinônimo de OCEANO.

Descobriu?— É isso aí, galerinha! Esperamos que tenham gostado! Nos vemos no próximo livro!

OS AUTORES
Nina Morais & Caio Morais

Nina Chastinet Gottschalk Morais, nascida em 24/04/2013, é filha de Caio Morais e Jamile Chastinet. Escreveu o texto deste livro infantil em parceria com o pai aos 9 anos. Toda a história, incluindo sua moral, é de sua autoria, cabendo ao pai apenas a função de desenvolver melhor o texto. Muito ativa e criativa, continua produzindo novas histórias, mas estas são cenas para os próximos livros...

Caio Pereira Gottschalk Morais, psicólogo, mestre em Neuropsicologia, sócio-fundador e administrador do Instituto Luria de Neuropsicologia (Salvador/BA). Autor de artigos, capítulos e livros de Psicologia e de uma obra infantil denominada Nina e Maninho. Acima de tudo, é pai de Nina.

Nasci em 1973, em Santa Rosa de Viterbo (SP), e moro em Curitiba desde os nove meses de idade. Na viagem, partindo de minha cidade natal até a capital paranaense, penso que vi e ouvi muitas histórias que me marcaram. Suponho isso, pois vivo de imagens e sons vindos de lugares incertos (ou indefinidos, ou sem geografia exata), talvez herdados da cultura e origem dos meus pais, peruanos. Utilizo as histórias para criar narrativas visuais, ilustrar com personalidade e respeitar a intenção dos parceiros com quem crio. Essa é a minha garantia de viver sem que existam páginas em branco em meu bloco de notas. Designer gráfico, designer de moda e ilustrador, tenho quarenta livros ilustrados e centenas de ilustrações aguardando o seu momento de aparecer.

O ILUSTRADOR
Oscar Reinstein